suhrkamp taschenbuch 3019

»Der Kollege sagt, Unabhängige seien auf Abhängige angewiesen, um unabhängig zu bleiben.«
In knappen Skizzen und minutiös beobachtet, entwickelt Jörg Steiners Erzählung *Der Kollege* das Psychoprotokoll eines Arbeitslosen, den Prozeß der Ausgrenzung eines Menschen: eines Menschen, der zum Verschwinden gebracht wird.
Seit dem Tag, an dem für den Mechaniker Bernhard Greif und seinen Kollegen das Wort Feierabend seine Bedeutung verloren hat, seit »vierhundert Stempeltagen«, sind Greif und sein Freund ein unzertrennliches Paar. Jeder ihrer arbeitslosen Tage hat seinen Weg: an der Post entlang, in die Mensa des Gymnasiums, in der sie gelitten sind, in der öffentlichen Bedürfnisanstalt kann man sich rasieren, in einer Kneipe erhält man für das Ausfüllen von Lottoscheinen ein Glas Wein, um dann mit den eigenen Tippscheinen »kurz vor sechs« am Kiosk die Hoffnungen auf Glück abzugeben.
Jörg Steiners große Erzählkunst liegt in der Nichtanklage. »Jörg Steiner ist der Meister der gewaltigen Kleinigkeit«, sagt Peter von Matt: »Er weiß, daß in der Literatur die Hauptsachen nicht angesprochen werden.«
Jörg Steiner, 1930 in Biel geboren, lebt dort als freier Schriftsteller. Zahlreiche Auszeichnungen, zuletzt erhielt er 1994 den Erich-Fried-Preis, 1997 war er Stadtschreiber von Bergen-Enkheim (Frankfurt am Main).

Jörg Steiner
Der Kollege
Erzählung

Suhrkamp

Umschlagfoto:
William Koechling/nonstock/Bilderberg

suhrkamp taschenbuch 3019
Erste Auflage 1999

Druck: Nomos Verlagsgesellschaft, Baden-Baden
Printed in Germany
Umschlag nach Entwürfen von
Willy Fleckhaus und Rolf Staudt

1 2 3 4 5 6 - 04 03 02 01 00 99

Der Kollege

1

Ein Klopfen in der Abwasserleitung weckt ihn auf.
Mit einem Satz springt Bernhard Greif zum Fenster und hält sich am Fensterbrett fest. Er atmet stoßweise, mit offenem Mund, als sei er eben gerade, noch im halben Traum, einer großen Gefahr entronnen.

Es ist Montag. Die Durchgangsstraße vor dem Haus ist nie so wenig befahren wie an diesem Tag. Das Wetter entspricht nicht der Vorhersage. Der Himmel ist bedeckt. Blätter aus den Alleebäumen fallen in die Windstille. Glasscherben liegen auf den mit gelber Farbe markierten Parkfeldern im ehemaligen Vorgarten.
Kein Grund, sich zu fürchten.
Kurz vor acht wird der Lieferwagen eintreffen, kurz nach acht der Hausbesitzer in seinem Renault. Danach wird hinter dem Haus der Personenzug 8 Uhr 12 in den Jura fahren: aus dem Nebel hinaus zu den Dörfern, den Pferdeweiden, dem weiten burgundischen Himmel, nach St. Immer.
»Die Leute sprechen dort französisch«, sagt der Kollege, »auf französisch heißt der Ort St. Imier.«

Niemand hielte Greif in St. Imier mit einem Augenzwinkern auf Distanz: »Aha, Greif heißen Sie? Da muß man sich wohl vor Ihnen in acht nehmen.«
Einem, der wie er aus dem Schlaf aufschreckt, fallen Antworten erst ein, wenn es zu spät ist.

Die anderen, die angesehenen Bürger, erwachen erfrischt aus einem traumlosen Schlaf, heben mit einer trägen Bewegung den Arm und sehen auf die Uhr am Handgelenk. Entspannt und noch ganz schlafwarm bleiben sie eine Weile am Bettrand sitzen. Angenehme Begebenheiten kommen ihnen in den Sinn. Auch haben sie am Vortag jemandem etwas zuliebe getan und sind sich nun dessen Zuneigung für eine gewisse, weder zu kurze noch zu lange Zeit, sicher.
Manche ziehen ihren Pyjama aus, falten ihn zusammen und legen ihn unter das Kopfkissen. Andere schlafen nackt unter Daunendecken. Wieder andere tragen buntbedruckte Shorts.
Im Badezimmer stellen sie sich vor den Spiegel, streichen sich mit beiden Händen das Haar aus der Stirn und betrachten ihren Bauchansatz. Ihnen fällt ein, daß ihr Terminkalender im Januar eine Fastenkur vorsieht, aus der sie gestärkt und verjüngt zurückkehren werden. Mit einem mißtrauischen Blick über die Schulter greifen sie nach den Kapseln, die sie auf einem Tablar hin-

ter der Ersatzrolle Toilettenpapier versteckt haben.
Schon beim Anziehen treffen sie erste Entscheidungen. Die Fertigkeit, begangene Fehler rasch zu korrigieren, muß jeden Morgen neu eingeübt werden. Ohne dieses Geschick wären sie verloren. Mangelnde Härte würde ihnen vorgeworfen, man kündigte ihnen die Stellung, ihre Freunde zögen sich zurück, die Einladungen und die Geschenke blieben aus. Niemand hätte Mitleid mit ihnen – und wenn doch, es würde ihnen auch nicht weiterhelfen.
Bloßes Mitleid, meint der Kollege, sei nichts als Abfall, wertloser als die Blätterhaufen, die in der Allee liegenbleiben, raschelnd oder klebrignaß, ein Tummelplatz für Hunde und Kinder.

Wäre Greif ein anderer, ein angesehener Bürger, setzte er alles daran, ein solches Los nicht zu teilen.

2

Der Lieferwagen ist eingetroffen.
Der Hausbesitzer hat sich verspätet.
In naß geschwitzten Trainingsanzügen, eine Hauchfahne vor dem Mund, eilen Turner aus der Sportschule Magglingen zum See. Sie haben den Waldweg nach Leubringen gewählt, laufen durch die Allee, nehmen dann die Treppe zum Pavillon in Angriff und kehren von dort auf den von Arbeitslosen angelegten Pfaden zur Sportschule zurück, um ihr Tagewerk zu beginnen.

Greif läßt das Fensterbrett los und legt die Hände auf den Sims. So kann er, wenn der Zug vorbeifährt, die Vibrationen deutlicher spüren. Sie sind stärker als die Vibrationen von den Lastwagen, die vor dem Haus vorbeifahren.
Der Untergrund der Fahrbahn besteht aus Kies, Humus, Lehm und Seekreide, während die Gleise der Bahn, nach kunstvollen Tunnelbauten, in die vorderste der sieben Juraketten gelegt worden sind.
Die Erschütterungen, die der Zug auslöst, erzeugen ein leichtes Schwindelgefühl, eine Art Beklemmung. Sie lassen an die Ausläufer eines fernen Erdbebens denken, dessen Epizentrum

Neapel in Schutt legt und den Vesuv überkochen läßt.

Es ist fraglich, ob die Durchfahrt des nächsten Zuges die gleiche Wirkung hätte.
Um das herauszufinden, müßte Greif eine Stunde lang am Fenster stehenbleiben. Das Ausharren und Warten stumpften ihn ab. Er müßte mit ansehen, wie der Fahrer des Lieferwagens, schon im Overall, die Schleifmaschine aus der an das Haus angebauten Werkstatt holte und anfinge, die rostigen Stellen der Stoßstange zu bearbeiten.
Plötzlich, ohne die Arbeit zu unterbrechen, höbe er den Kopf und entdeckte den am Fenster stehenden Müßiggänger. Er nickte ihm zu, spulte noch einen Meter Kabel von der Rolle, stellte das Autoradio an und zöge sich auf die linke Seite seines Wagens zurück.
Jetzt führe, vielleicht mit Verspätung und gereizt, der Hausbesitzer vor und riefe Greif schon beim Aussteigen zu: »Wie gut, daß ich Sie noch treffe, Greif! Helfen Sie mir beim Aufräumen, Sie haben doch sonst nichts zu tun. Morgen zieht eine amerikanische Dentalhygienikerin bei mir ein.«

In der Wohnung des Hausbesitzers herrscht ein ständiges Kommen und Gehen. Frauen, die in

Zeitungsinseraten eine Unterkunft suchen, bittet er zu einem Treffen in sein Stammlokal. Jenen, die ihm gefallen, erzählt er, daß er die meiste Zeit des Jahres in seiner Villa auf den Seychellen verbringe, daß er ihnen deshalb sein Appartement fast gratis zur Verfügung stelle, so lange, bis sie etwas ihnen besser Zusagendes gefunden hätten.

Alle Hausbewohner wissen, daß es dem Hausbesitzer darum geht, sich seine Untermieterinnen gefügig zu machen. Wenn er ein paarmal mit ihnen geschlafen hat, wirft er sie aus der Wohnung. Klagen der Betroffenen begegnet er mit Gegenklagen und Strafanträgen, die seine Fürsprecher vor Gericht zu vertreten haben, weil er selbst, wie ein Arztzeugnis beweist, aus gesundheitlichen Gründen nicht fähig ist, an den Verhandlungen teilzunehmen.

»Wie gut, daß ich Sie noch erwische, Greif! Da, nehmen Sie diesen Stuhl! Sie werden sich doch nicht die Mühe machen, ihn über drei Treppen in den Hof hinunterzuschaffen –, wozu gibt es Fenster? Werfen Sie ihn einfach hinaus auf den Parkplatz!«
»Aber er wird kaputtgehen.«
»Um so besser. Und dann die Kleinkommode, die Bücher, die Lampe, weg mit dem Zeug, vor-

wärts! Ich hoffe, wenigstens das Aufräumen können Sie allein besorgen.«

Der Hausbesitzer verachtet die Abhängigen und Unselbständigen, die er in seinem Haus wohnen läßt. Abschaum.

»Als Pionier in Amerika, Greif, wären Sie nicht weit gekommen. Ich aber hätte mich durchgeschlagen, bis nach San Francisco, darauf können Sie Gift nehmen. Ich hätte nicht unterwegs aufgegeben, niemals. Und heute nachmittag schneiden Sie den Haselbusch in der Zufahrt, verstanden!«

»Wie soll ich das denn machen ohne Gartenschere?«

»Wenn Sie's nicht schneiden können, dann reißen Sie das Grünzeug aus, verdammt noch mal. Oder besser: holen Sie den Kanister mit Unkrautvertilger aus dem Keller; nur so hat man Ruhe in den nächsten paar Jahren.«

Um neun Uhr wäre der Hausbesitzer, der kurz nach acht noch nicht richtig wach ist, voller Tatendrang. Mit dem Mobiltelefon am Ohr liefe er auf dem Parkplatz hin und her. Es gäbe keine Möglichkeit, ihm auszuweichen und das Haus unbehelligt zu verlassen.

Selbst wenn man gerne so wäre wie er, bei ihm könnte man es nicht werden. Der Kollege sagt, Unabhängige seien auf Abhängige angewiesen, um unabhängig zu bleiben.

3

Wenn der Frühzug vorbeigefahren ist, herrscht wieder für kurze Zeit Ruhe im Haus. Die Portugiesin in der gegenüberliegenden Wohnung geht nicht vor halb elf weg. Die Kinder im zweiten Stockwerk haben sich auf den Weg zur Schule gemacht.

Greif dreht sich um und faßt sein Zimmer ins Auge. Auf dem Tisch steht eine Weinflasche. Daneben der Fernseher. An der Wand hängt ein Spiegel, in Zeitungspapier verpackt. Auf dem Bett liegt der Schlafsack. Durch die Decke dringen Geräusche.

So hörten jene, die im Parterre wohnen, auch ihre Schritte, wenn sie, unbekümmert und ohne die Folgen zu bedenken, hin und her gingen, vom Fenster zum Schrank, vom Schrank zum Tisch, der Kollege und er.

Greif legt Wert darauf, sich nicht durch knarrende Dielenbretter zu verraten. Auf Zehenspitzen schleicht er zum Korbstuhl, wo seine Kleider liegen.

Auf dem Bettrand sitzend, zieht er die Hose an, legt die Jacke über den Unterarm, schlüpft in die Schuhe und wirft noch einmal einen Blick durchs Fenster: weiß man, was der Hochnebel verbirgt? Plötzliche Aufhellungen, hohe Wolkenfelder, Niederschläge: alles ist möglich.

Am wenigsten schlimm ist ein Platzregen im Sommer.
Die Passanten drängen sich unter Vordächern und Markisen und suchen Schutz in den Unterständen der Bushaltestellen. Durchnäßte Radfahrer fluchen über rücksichtslose Automobilisten. Junge Leute rotten sich vor McDonald's zusammen, breiten die Arme aus und tanzen im Regen.

Im Herbst aber wird der Regen leise und kalt. Es regnet aus der Nebeldecke heraus, als sei der Himmel nicht mehr in der Lage, das Wasser zurückzuhalten. Es ist ein Regnen wie aus Krankheit oder Überdruß und Langeweile. Kraftlos und lustlos ist es und tonlos, weder Prasseln noch Rauschen, weder Strömen noch Tosen. Langsam dringt die Feuchtigkeit in Schuhe und Kleider. Der Geruch von Hundedreck breitet sich aus. Ruß und die vom Westwind herangeführten Abgase aus der Ölraffinerie bei Cressier schlagen sich über der Stadt nieder.

Alles spreche dafür, den Schirm mitzunehmen, sagt der Kollege. Greif gibt ihm recht.

Wer seinen Schirm aufspannt, bedenkt die Schirmlosen mit einem gleichzeitig mitleidigen und triumphierenden Blick. Hat er, der mit Regen rechnet, nicht vorausschauender gehandelt als jene, die sich nun ins Kaufhaus Loeb flüchten müssen?
In der Epa, im Globus verkriechen sie sich. Unter dem Glasdach der Apotheke Meyer sitzen sie fest und jammern über die Nässe. Ihre Pläne geraten durcheinander, ihre Termine platzen. Besorgungen bleiben unerledigt, Aufträge unausgeführt.

Andrerseits gibt es nichts Lächerlicheres als einen Arbeitslosen mit Schirm bei trockenem Wetter. Der Nebel löst sich auf, und da steht, unter klarem Himmel, mit dem Schirm am Arm, ein Überängstlicher. Der Schirm zur falschen Zeit macht seinen Mangel an Wirklichkeitssinn sichtbar. Er verrät die Mutlosigkeit des Schirmträgers, seine Unangepaßtheit, seine Untauglichkeit, seine Unvermittelbarkeit.
»Sie waren Mechaniker, Herr Greif, in der Firma Alpha?«
»Jawohl, Herr Vorsteher, wir beide, der Kollege und ich.«
»Sie wurden von Motor-Columbus übernommen und weiterbeschäftigt?«
»So ist es; aber dann wurde die Firma einem

Sanierer überlassen, Arbeitsplätze wurden vernichtet, und zuletzt mußte die Fabrik geschlossen werden.«
»Sie sind seit mehr als vierhundert Tagen arbeitslos« –, und schon wandert der Blick des Beamten von der Personalkarte des Bittstellers zu seinem Gesicht und von da zu dem Schirm, den er am Arm trägt.
Das Schweigen der Leute, die hinter ihm auf Abfertigung warten, wird feindselig.
Hastig packt der Befragte seine Dokumente ein und entfernt sich so rasch und unauffällig als möglich.

Bernhard Greif beschließt, den Tag ohne Schirm in Angriff zu nehmen. Lieber naß werden als auf Regen hoffen zu müssen.

4

Im Flur liegen drei Zeitungsstapel. Sie sind mit Bindfaden zusammengeschnürt. Den verwenden nur die Mieter unterm Dach. Die Portugiesin in der Wohnung gegenüber benützt zerrissene Strümpfe zum Binden, manchmal auch zusammengeknotete Stoffreste. Greif hat keine Zeitung abonniert.
Am dritten Mittwoch jeden Monats wird das Altpapier über den Parkplatz und die Einfahrt zum Straßenrand getragen und anschließend von einem Sammelwagen der städtischen Kehrichtabfuhr mitgenommen.
»Entsorgen nennt man das heute«, sagt der Kollege.
Weil neuerdings eine Gebühr auf Abfallsäcke erhoben wird, steckt die alleinerziehende Mutter mit den beiden Kindern auch Pappe, Plastik und Fruchtschalen zwischen ihre Zeitungen. Der Hausbesitzer bezeichnet sie öffentlich, vor allen Mitbewohnern, als Abfallsünderin.
Er selbst fährt einmal in der Woche mit seinem Abfall in den Jura, um ihn dort am Waldrand zu verbrennen. Die vertrocknete Palme vor seiner Tür hat er noch nicht mitgenommen. Drinnen ist es dunkler und tagsüber oft kälter als draußen: kein günstiges Klima für Kübelpalmen.

Greif zieht die Jacke erst im Erdgeschoß an. Wenn der Graphiker, der im Anbau hinter der Werkstatt sein Atelier eingerichtet hat, im Haus arbeitet, beleuchtet eine Neonröhre seine Tür und das Plakat an der Wand mit dem Namen des Ateliers, den Öffnungszeiten und dem Bild eines stark vergrößerten Kreuzworträtsels.

Vor der Werkstatt steht der Lieferwagen. Der Besitzer im blauen Overall beugt sich über die Stoßstange. Greif geht mit abgewendetem Gesicht an ihm vorbei.

Am Rand der Fahrbahn, da, wo einmal ein Goldregenbusch die Sicht verdeckte und jetzt Haselzweige aus der Thujahecke wachsen, bleibt er stehen.

Jeder tut das, jeder schaut nach links und nach rechts, bevor er die Straße überquert. Kinder lernen es in der Schule: schauen, lauschen, länger leben.

Der Verkehr rollt, fließt und strömt ostwärts nach Solothurn, westwärts am Seeufer entlang nach Neuchâtel. Für Verletzte bei Unfällen ist der Delta-Rettungsdienst zuständig, der sich im Nebenhaus mit drei Ambulanzfahrzeugen eingerichtet hat. In den siebziger Jahren gab es hier eine Tankstelle. Und aus Hamburg kommende, nach Marseille fahrende Lastwagen gab es, die einen Halt einlegten.

Der Fahrer stieg aus, streckte sich, gähnte, holte

den Korb mit den belegten Broten aus der Kabine und weckte den Beifahrer, um ihn auf den Schichtwechsel vorzubereiten. Der Tankwart schielte auf das hinter der Windschutzscheibe befestigte Schild, weil er die Männer mit ihren Namen ansprechen wollte: Alfred oder Gaston.

Greif, in der Dunkelheit am Fenster stehend, konnte nicht immer verstehen, was gesprochen wurde. Aber die Lichter an der Tankstelle, die Begrüßung, das Lachen, die Schritte der hin und her gehenden Männer, nahmen der Nacht etwas von ihrer Einsamkeit.

Die Angestellten der Delta-Ambulanz hingegen sind nachts nur selten im Dienst.

Greif hat im ›Bieler Tagblatt‹ gelesen, daß die Direktion des Bezirksspitals die Auflösung des mit ihnen geschlossenen Vertrags erwäge. Das wird für sie das Ende bedeuten. Aus und vorbei, Entlassungen, Konkurs. Das Arbeitsamt wird sich ihrer annehmen.

Sie werden in der Schlange stehen wie alle anderen Arbeitslosen auch. Nach vierhundert Stempeltagen gehören sie zu den Ausgesteuerten und werden zu Fürsorgefällen gemacht.

Greif wendet sich nicht nach ihnen um. Er will nicht wissen, wie sie aussehen, weil er sich später nicht erinnern will, woher er sie kennt.

Er geht mit gesenktem Kopf über die Straße. Erst in der Allee sieht er, daß die Linden über Nacht ihre Blätter abgeworfen haben, während die Kastanien die ihren nur ungern fallen lassen. Zwischen Linden und Kastanien steht ein Laubbaum, dessen Name auch der Kollege nicht kennt. Das auf dem Stamm angebrachte Zeichen deutet darauf hin, daß er gefällt werden sollte; aber das hätte schon vor zwei Jahren geschehen müssen: das mit gelber Signalfarbe gemalte S ist verwittert und kaum mehr lesbar.
Wie immer am Montag schiebt ein Mann aus dem Werkhof seine Maschine über den Gehweg. Obschon sie nicht viel größer ist als eine Mähmaschine, scheint sie schwer führbar zu sein. Die Stadtarbeiter nennen sie Bläser.
Dem Bläser folgt der Kesselwagen, den ein Mann allein bedienen kann: der Sauger. Bläser und Sauger erledigen in einem Tag die Arbeit von zwanzig Straßenwischern.
Der Mann, der den Bläser lenkt, grüßt die Passanten. Der Fahrer des Kesselwagens grüßt niemanden. Greif grüßt ihn dennoch.

Er hat sich die Woche nach festen Regeln eingeteilt. Am Dienstag und am Donnerstag geht er durch die Elfenaustraße zum Bahnhof. Dort, wo das neue Postamt entsteht, bleibt er stehen. Zur Zeit werden Eisenträger von einem Spezial-

kran aus dem Boden gezogen und auf andere schon aus dem Boden gezogene Eisenträger gelegt.
So wie Greif, bleiben auch andere stehen. Das Stehenbleiben wirkt ansteckend. Die meisten Leute stehen auf der Schüssbrücke: Müßiggänger, Pensionierte, Arbeitslose. Es gibt in der Umgebung der Baustelle keinen Ort, an dem man die Arbeiter beobachten kann, ohne von anderen Gaffern selbst beobachtet zu werden. Wenn einer von ihnen Greif zu nahe kommt, geht Greif weiter.

Am Montag, Mittwoch und Freitag nimmt er den Weg durch die Pasquart-Allee, überquert die Ländtestraße und geht bis zum Seeufer.
Die Bootsvermieter haben ihre Pedalos an Land gezogen. Die Rosen in den Rondellen sind noch nicht zurückgeschnitten worden. Manche tragen, jetzt im November, halb geöffnete und in einer Frostnacht erfrorene Blüten. Die Wiesenfläche, das Café, die Spielplätze, die in der warmen Jahreszeit von Frisbeewerfern, Müttern, Kindern und sonnenhungrigen Ausflüglern mit Picknickkörben belagert werden, sind im Spätherbst fast menschenleer.
Nur wer einen Hund besitzt, läßt ihn auch an einem nebelverhangenen Tag hier laufen. Einmal im Jahr bezahlt er die Hundesteuer. Der

Hund ist gegen Krankheiten geimpft und vielleicht, wie die in der Fernsehsendung ›Wer will mich?‹ gezeigten Hunde, entwurmt, sterilisiert oder kastriert. Er wird nicht nur mit Trockenfutter versorgt, sondern bekommt, von Zeit zu Zeit, auch Knochen und Leber zu fressen. Der Hundekot wird in einer eigens zu diesem Zweck geschaffenen Plastiktüte zu einem von der Stadtverwaltung eingerichteten, grünen Robi-Dog-Behälter gebracht.

»Reinrassige Hunde«, sagt der Kollege, »leiden an durch Inzucht erzeugten Deformationen und sterben früh, oft unter Qualen.«

Weniger Begüterte haben mehr Glück: sie holen im Tierheim einen Bastard. Sie verpflichten sich schriftlich, auf angemessene Weise für das ihnen anvertraute Tier zu sorgen.

Hätten Greif und der Kollege einen Hund, hielten sie sich an die Regeln, die nicht nur das Gesetz, sondern vor allem der Anstand gebietet. Sie erzögen ihren Hund streng, aber gerecht. Sie ließen ihn oft ohne Leine laufen. Auf ihren Ruf hin kehrte der Hund sofort zu ihnen zurück. Sie redeten ihm gut zu, sie kämen mit anderen Hundebesitzern ins Gespräch und tauschten Erfahrungen aus. Niemals erschreckte und jagte ihr Hund die mit aufgerichteten Flügeln am Ufer entlang schwimmenden und eben gerade der großen Weide zustrebenden Schwäne. Dort streiten sich Enten, Möwen und Bläßhühner um Brotbrocken, die ein vom Stamm des Baumes verdeckter Unsichtbarer mit weitem Schwung ins Wasser wirft.

Im Spätsommer liegen hier Liebespaare unter den Büschen. Kinder werden von ihren Drachen über die Wiese gezogen. Windsurfer fliegen über den See. In fünf verschiedenen Buchten blinken die Lichter der Sturmwarnung und fordern die Segler auf, ihre Schiffe unverzüglich in den nächstgelegenen Hafen zu steuern. Nicht alle Sportler nehmen die Warnung ernst. Es kommt vor, daß Segelschiffe von einer Böe erfaßt werden und kentern.
Der See hat seine Tücken; die meisten Unfälle geschehen nicht aus Fahrlässigkeit.

Die Polizei, beispielsweise, behauptet bis heute, der Kollege habe sich vorsätzlich umgebracht und seinen Selbstmord als Badeunfall getarnt. Er sei weit hinausgeschwommen, so lange, bis ihn die Kräfte verließen. Man habe, heißt es, seine Schuhe an der Ufermauer gefunden.

Nach Gründen wurde geforscht, die die Tat des Kollegen erklären sollten. Von Depressionen und von einer Bürgschaft, die er übernom-

men habe, war die Rede. Zeugen wurden gesucht. Greif meldete sich nicht.
Die Bestätigung, der Kollege habe seinen Tod geplant, hätte den unaufgeklärten Fall zu einem erklärbaren, zu einem erledigten Fall gemacht, unwiderruflich.

So weit darf es nicht kommen.

5

Nach Sommerende besetzen Schwärme von Möwen die Ufermauern, die Mole, Geländer und Bänke. Alles ist voll vom Möwendreck. Wer sich dennoch ausruhen will, muß die Rükkenlehne einer Bank abwischen und sich auf ein Taschentuch oder auf eine mitgebrachte Zeitung setzen. Bei solchen Vorbereitungen wird er von den Villenbesitzern in Vingelz mit dem Fernglas beobachtet. Wo er geht und steht, fühlt er abtastende, abschätzige, mißtrauische Blicke.

Greif muß den Kopf nicht heben, um zu wissen, daß ihm zwei Männer entgegenkommen. Im Vorübergehen hört er den einen sagen: »Du warst in Kanada und weißt nicht einmal, wie wir in Biel die Marktgasse finden sollen.«
»Wieso Kanada?« sagt der andere, »da war ich nie.«
Greif unterdrückt den Wunsch, sich einzumischen. Er könnte den beiden leicht erklären, wie die Marktgasse auf dem kürzesten Weg zu erreichen ist. Aber sie, die jetzt so tun, als verstünden sie sich nicht, würden sein Dazwischentreten als Anbiederung empfinden. Sie ließen sich ihre Ratlosigkeit nicht von einem Dahergelaufenen

nehmen. Sie empfänden seine Einmischung als Belästigung.

Greif hat mehr als genug damit zu tun, seine eigenen Angelegenheiten in Ordnung zu bringen. Sein nächstes Ziel ist das Gymnasium. Die Lichter der Turnhalle spiegeln sich im Wasser des Kanals. An eine Pappel gelehnt, schaut Greif zu, wie drei Rollbrettfahrer auf der Buckelbrücke um leere, dicht hintereinander aufgestellte Colaflaschen kurven. Nach dem letzten Hindernis wenden sie, holen neuen Schwung und rollen zurück.

Da, wo vor einem halben Jahr der Kiosk abgebrannt ist, liegen ihre Schultaschen und Jacken. Ein Dieb hätte hier leichtes Spiel, stünde nicht ein Angestellter der Dampfschiffgesellschaft auf dem Parkplatz.

Für Ortsunkundige ist das Gelände am Seeufer unübersichtlich. Buschwerk und Bäume erschweren die Orientierung: Platanen, Pappeln und Weiden. Über Schüss, Zihl und Seegrund führen Brücken und Brücklein.

Daß der Schüsskanal, der die Stadt von West nach Ost durchschneidet, nicht nur ein Wasser- sondern auch ein Frischluftkanal ist, daß er das Rückgrat dieser sonst ungegliederten Stadtviertel bildet, erkennt nur einer, der an ihm entlang-

geht, vorbei an den grasbewachsenen Böschungen mit dem einfachen Holzzaun, vorbei an den schmiedeeisernen Geländern aus dem neunzehnten Jahrhundert, bis hinauf zur Schleusenbrücke oder noch weiter bis zur Omega: Oberer Quai, Unterer Quai.
An seiner Mündung, vor der Mole mit dem Leuchtturm, liegt der Kleinbootshafen.
Im Spätherbst werden die Boote mit einem Kran an Land gehoben und auf ein fahrbares Metallgestell gesetzt. Der Unterboden benötigt einen neuen Anstrich. Ein Trockenplatz muß vorbereitet werden. Unaufschiebbar ist der Kauf einer Deckplane. Sorgen bedrängen den Bootsbesitzer. Verstohlen schaut er während der Arbeit auf die Uhr, in der Hoffnung, die Verabredung mit einem Segelkameraden pünktlich einhalten zu können. Sein Terminkalender ist übervoll und läßt ihm nur wenig Freiraum. Notfalls muß er sich auf die in der Firma gewährte gleitende Arbeitszeit berufen.

Wer nämlich nicht auf Pünktlichkeit achtet, verwahrlost. Sein Gang verliert die Festigkeit, seine Bewegungen werden unsicher. Sein ganzer Lebensplan gerät durcheinander.
Die Abmachungen, die er mit sich selbst getroffen hat, will Greif auf die Minute genau einhalten.

Kurz vor zehn Uhr steigt er die als Aulazugang dienende Treppe hinunter und betritt die Mensa des Gymnasiums. Sie ist jetzt, vor der großen Pause, weder leer noch überfüllt. Um diese Zeit kann sich jeder seinen Platz in aller Ruhe aussuchen.

Manche Schüler lesen, während sie ein Brötchen zum Mund führen. Andere, die sich nicht dem Vorwurf aussetzen wollen, es sei unerheblich, wie sie ihr Geld ausgeben, holen ein Getränk am Automaten. Das Trinken von Alkohol und das Rauchen sind in der Mensa nicht gestattet. Auf einer Glasplatte stehen Körbchen mit Früchten: Äpfel, Birnen, Bananen, Orangen. Neben den Gestellen für gebrauchtes Geschirr hängt der Menüplan der Woche. Die Preise sind knapp berechnet. Einen nennenswerten Gewinn erzielt der Mensaleiter nur mit dem Umsatz. Wenn Greif und der Kollege die Nachfrage vergrößern, sollte ihm das demnach recht sein.

Unverständlicherweise hat er doch einmal den Hauswart geholt, um ihn auf Greif aufmerksam zu machen, nachdem dieser den Erholungsraum eben gerade betreten hatte. Der Hauswart blieb neben der Kasse stehen, schaute zu Greif hinüber, sprach ihn aber nicht an. Was hätte er auch sagen sollen?

»Sind Sie hier mit jemandem verabredet?«

»Nein.«
»Wissen Sie, dies ist zwar ein öffentliches Gebäude. Grundsätzlich steht es allen Steuerzahlern offen. Dennoch können wir nicht dulden, daß unsere Einrichtung ihrem Zweck entfremdet wird. Wir haben nicht das Recht, kommerziell geführten Restaurants Konkurrenz zu machen. Bei uns kosten eine Tasse Kaffee und ein Brötchen nur zwei Franken dreißig.«
»Mein Herr, Sie sehen, daß der Kollege und ich nicht alle in Ihrer Dienstleistung inbegriffenen Vorteile beanspruchen. Wir nehmen weder Zucker noch Rahm zum Kaffee, nur einen Schluck Milch.«
»Aber darum geht es nicht. Verstehen Sie doch: unser Angebot gilt ausschließlich für Lehrer, Schüler und das an der Schule angestellte Personal. Bitte, wie ist Ihr Name?«
»Greif, vom Sozialamt. Ich gebe zu, daß wir zur Zeit arbeitslos sind. Wir waren in der Firma Alpha tätig, in einem soliden, alteingesessenen Unternehmen. Das Hauptgebäude ist erst vor kurzem blau gestrichen worden. Zuvor, als in allen Bereichen Vollbeschäftigung herrschte, war es fabrikgrau und unansehnlich. Da haben wir uns zu Hause gefühlt, in der Bude, in der großen Familie, als Mechaniker in der Abteilung für Oberflächentechnik. Inzwischen sind die Baracken weitervermietet worden: an einen

Schrotthändler, an einen Go-Cart-Hersteller, an eine Brocante-Gesellschaft. Auch wird ein Teil des Geländes zur Überwinterung von Booten genutzt.«

»Also, Herr Greif, bei allem Verständnis; das geht mich nun wirklich nichts an. Verpflegen Sie sich meinetwegen weiterhin bei uns, auf Zusehen hin. Man ist ja kein Unmensch. Aber versprechen Sie mir, den Tip nicht weiterzugeben. Wo kämen wir denn da hin, wenn alle hier auftauchten: Arbeitslose, Fürsorgefälle, Bedürftige, neue und alte Arme, alleinerziehende Mütter, Asylbewerber!«

»Ich verspreche es; nur ich und der Kollege.«

Hätte der Hauswart ihn heute zur Rede gestellt, wäre Greif einmal mehr genötigt gewesen, sich die bloße Duldung durch ein Versprechen zu erkaufen.

Zum Glück ist ihm diese Demütigung erspart geblieben.

6

Die Mensa ist sanft beleuchtet, geräumig, nach allen Seiten offen und durch drei Treppen mit den übrigen Baukörpern des Schulhauses verbunden. Das Leben im Gymnasium spielt sich unterirdisch ab.

Erst nach der Matur erblicken die Schüler das Licht der Welt. In die Freiheit entlassen, reiben sie sich, geblendet von der unerbittlichen Helligkeit, die Augen. Schon bald sehnen sie sich in das gedämpfte, schutzgewährende Halbdunkel ihres Schulhauses zurück. Sie werden das Gefühl, einem fein gesponnenen Geflecht entwachsen zu sein, nicht los. Sie beginnen, an der Ahnung, eine Heimat verloren zu haben, zu leiden und an sich selbst zu zweifeln. Um ihre Unsicherheit zu überwinden, beschließen sie, allem, was auf sie zukommt, mit Stolz zu begegnen, ihr Unbehagen zu verleugnen oder es hinter einer überschwenglichen Betriebsamkeit zu verstecken. Einige von ihnen werden Offiziere, andere Militärdienstverweigerer. Manche kehren als Lehrer an diese Schule zurück.

Sie werden ihren Schülern erzählen, daß für Vertriebene einst der Wald ein Zufluchtsort war, die St. Petersinsel, der Jura, die Burgunderweite; später Amerika, Asien, Neuseeland, die Kirche, die Wissenschaften, die Arbeit. Sie machten die Erfahrung, daß es überall Grenzen gab und jenseits der Grenzen nur eine vorläufige Seßhaftigkeit.

Auf der Rheinbrücke, zum Beispiel, stand breitbeinig ein Schaffner im Zug und sagte zu einer jüdischen Familie: »Jetzt sind Sie in Sicherheit. Jetzt sind Sie in der Schweiz.«

»Das kann man sich vorstellen«, sagt Greif zu dem Kollegen. »Es muß ein kalter Januartag in Basel gewesen sein. Eisregen fiel. Manche Flüchtlinge trugen die Kleider, die sie am Leibe gehabt hatten, als ihr Haus gestürmt worden war. Auf dem Barfüsserplatz sagte der Vater zu seiner Tochter: Siehst du, Kind, dieser Platz heißt Barfüsserplatz. Und nun schau doch den Leuten einmal auf die Füße.«

Der Kollege schüttelt den Kopf: »Was weißt du von Flüchtlingen«, sagt er. »Es steht dir nicht zu, von ihrem Schicksal zu sprechen.«

Das mag sein.

Greif rettet sich in Erinnerungen an die Straße, in der er selbst aufgewachsen ist. Das Wäldchen dort, in dem er ganze Tage zugebracht hat wie ein gehetztes Tier, ist gerodet worden. Eine Versicherungsgesellschaft hat Mietwohnungen in den gesprengten Fels gebaut. Kindern, die sich verstecken wollen, bleibt heute als Versteck

nur noch der auf dem Vorplatz stehende Abfallcontainer.
»Oder eine Schule wie dieses Gymnasium«, sagt der Kollege.

7

Noch vor der Elfuhrpause verläßt Greif die Mensa.

Auf der Straße stehen Schüler in Gruppen zusammen. Einer ruft ihm etwas zu, die anderen lachen. Ein Mädchen versteckt sein Gesicht hinter dem geöffneten Schirm.

Über die Dächer der Stadt herangetragene Glockentöne lassen an eine Hochzeit oder an eine noch vor Mittag stattfindende Beerdigung denken.

Damals, als Greif in der Alpha arbeitete, kam, darauf konnte man zählen, pünktlich um elf Uhr der Kollege in ihre Abteilung, um den Witz des Tages zu erzählen. Zuvor holte er sich an dem von ihnen umgebauten Sterilisationsapparat einen Becher Kaffee; dann setzte er sich auf Greifs Werkbank. Alle lachten schon im voraus über sein Räuspern und über die Grimassen, die er schnitt, weil der Kaffee zu heiß war.

Der Kollege war der einzige, der lachte, als Greif auch einmal einen Witz erzählte und dabei so tat, als habe er die Pointe vergessen.

»Oh, Greif«, sagte er, »deinen Humor möchte ich haben.«

Am Feierabend dieses Tages wartete der Kollege vor dem Werkstor auf Greif. Sie gingen zusammen weg. So hatte ihre Freundschaft begonnen.

Ihm fällt ein, daß Außenstehende denken könnten, der Kollege habe ihn mißbraucht, indem er ihn zu seinem Freund machte. Sie wollen nichts mehr hören von diesen Kollegen-Geschichten, weder Gutes noch Schlechtes.
»Ja, jetzt«, sagen sie, »hör endlich auf mit dem Quatsch.«

Am Schüsskanal bleibt er stehen. Er friert. Die Hochhäuser strahlen die in der Nacht gesammelte Kälte ab. Die Autos auf den Parkplätzen sehen schäbig aus, auch wenn sie noch fast neu sind. Ihre Frontscheiben zeigen den Fächer, den die Scheibenwischer auf das schmutzige Glas gezeichnet haben. Die Heckscheiben sind vom Rauhreif beschlagen.

Greif beschließt, den Gedanken, der Kollege könnte ihn ausnützen und mißbrauchen, zu verwerfen.
Selbst wenn der Kollege diese Absicht hätte, wäre das für Außenstehende nicht erkennbar. Das Vorurteil, daß der Kollege sich umgebracht habe, wiegt sie in falsche Sicherheit; es macht sie unempfindlich.

»Wer früher stirbt, ist länger tot«, sagen sie und lachen dazu.
Greif schuldet ihnen keine Rechenschaft.

Beim Weitergehen entdeckt er am Bahndamm einen mit gelben Blüten übersäten Strauch: so, als sei der Winter schon vorbei und Ostern stünde vor der Tür.
Die Gärten schmückten sich mit Primeln und Krokussen, Schäfchenwolken zögen am Himmel dahin. Die Fenster an den Häusern stünden offen, Kinder spielten auf der Straße mit dem Ball. Der Kollege winkte sie herbei, zöge Schokoladenstengel aus der Tasche und riefe laut: »Nur keine Angst! Der Osterhase kriecht bestimmt aus der Erde.«
Die Kinder liefen weg, weil ihre Mütter ihnen verboten hätten, Geschenke von einem Fremden anzunehmen. Der Kollege schüttelte den Kopf, legte die Schokoladenstengel auf den Mauervorsprung am Straßenrand und kehrte vergnügt zu Greif zurück.
»So«, sagte er, »und jetzt gehen wir ins Proletaria-St. Gervais. Auf der Terrasse dort stehen seit gestern die Gartenstühle.«

Greif geht da nicht mehr hin.
Manchmal sehnt er sich nach der Kellnerin. Sie hatte eine Art, die Kunden warten zu lassen,

die ihn an seine Schwester erinnerte. Verärgert riefen die Gäste nach ihrem Bier, während die Kellnerin mit dem Schankburschen an der Anrichte schäkerte, ihr wildes Lachen ausstieß – aya, aya – und sich das Haar aus der Stirn strich: eine Frau mit leuchtenden, dunklen Augen, großen Zähnen und immer geöffneten Lippen.

Noch in den fünfziger Jahren hatten im Restaurant St. Gervais vor allem Gewerkschafter verkehrt, politisch engagierte Arbeiter und Handwerker; aber auch die Mitglieder eines Pfeifenclubs, die den Namenswechsel von Proletaria zu St. Gervais bedauerten. Später waren Beamte, Lehrer, Künstler und Leute, die sich als Alternative bezeichneten, dazugekommen, und mit ihnen ein Schriftsteller, an dem nichts so recht zusammenpassen wollte: das Gesicht paßte nicht zu den Händen, der durchdringende Blick nicht zum beweglichen Mund. Oft saß er, in eine Ecke gekauert, auf der hintersten Bank und starrte selbstversunken in die Kaffeetasse; dann wieder sah und hörte man ihn, mitten am langen Tisch, umringt von seinen Kumpanen, zu laut reden.

Einmal setzte er sich zu Greif, ohne zu fragen, ob der Stuhl neben ihm frei sei.

»Herr Greif«, sagte er, »darf ich Sie etwas fragen? Nämlich, Ihre Sätze gehen mir nicht mehr aus dem Kopf.«

»Welche Sätze?« fragte Greif.

»Armut zwingt zum Denken«, sagte der Schriftsteller, »und auch: Der Osterhase kriecht bestimmt aus der Erde. Würden Sie mir diese Sätze schenken?«

»Es sind Sprüche«, sagte Greif. »Wollen Sie aufschreiben, was ich sage?«

»Ich weiß noch nicht. Vielleicht.«

»Den Spruch vom Osterhasen habe nicht ich erfunden.«

»Das kann sein«, sagte der Schriftsteller; »aber ich hoffe, Sie haben nichts dagegen, daß ich ihn verwende.«

»Ich werde den Kollegen fragen.«

»Bringen Sie ihm ein Glas Roten«, sagte der Schriftsteller zur Kellnerin, »einen Rotwein werden Sie doch annehmen, Herr Greif?«

»Aber nur Algerier, zu einem Franken das Glas.«

Gewisse Menschen kennen keine Grenzen.

Damit also mußten sie rechnen, Greif und der Kollege. Sie gingen ihrer Arbeit nach, sie gingen am Feierabend in ein Wirtshaus. Nachdem sie ihre Arbeit verloren hatten, taten sie so, als bliebe ihnen wenigstens der Feierabend.

Der Schriftsteller wußte natürlich, daß Arbeitslose keinen Feierabend mehr haben.
Er, der auf alles eine Antwort bereithielt und in Kreisen verkehrte, von denen Greif und der Kollege keine Ahnung hatten, wagte es ohne weiteres, sich in ihre Angelegenheiten einzumischen. Sicherlich war er befreundet mit Greifs Hausbesitzer und lebte selbst in einer großen, mit Fransenteppichen ausgestatteten Wohnung; den Stoff aber für seine Bücher holte er sich aus dem Reservoir der einfachen Leute. Berühmtheiten und Würdenträger aller Art waren ihm zu wenig romantisch: auf sie konnte er, was seine Arbeit anging, verzichten. Das armselige Leben eines Fürsorgefalles hingegen erfüllte ihn mit dichterischer Empfindsamkeit. Rote Hände erregten seine Phantasie.

Es gab zu kurz Gekommene, die Stolz und Selbstachtung verloren hatten, Bedauernswerte, die sich mit dem Wunsch meldeten, der Schriftsteller möge ihnen helfen, ihr Los öffentlich bekanntzumachen. Sie brauchten nur ein Kassettengerät, um ihren Lebenslauf diktieren zu können.
Einer hatte eine gescheiterte Karriere anzubieten, ein anderer hausierte mit einer Gefängnisstrafe, ein dritter war vor zwanzig Jahren an der Drei-Seen-Rundfahrt im ›Bieler Tagblatt‹ als

Amateursieger abgebildet worden und trug seither den Ausschnitt der Zeitung, in eine Plastik-Hülle geschweißt, bei sich.
Solche Leute hofften, der Schriftsteller könne ihnen Gerechtigkeit verschaffen; oder sie legten ein Geständnis ab, weil ein Geständnis sie erleichterte.

Greif verstand das nicht. Er war ebensowenig auf den Schriftsteller angewiesen wie dieser auf ihn; ganz zu schweigen von dessen Freund, dem Kunstmaler, der eines Abends den Gästen im St. Gervais mitteilte, seine nächste Ausstellung finde nicht in einer Galerie, sondern im Bahnhofswartesaal zweiter Klasse statt, damit er, der Künstler, mit seiner Kunst endlich auch jene erreiche, die nie im Leben den Mut hätten, eine Galerie zu betreten.
Greif und der Kollege mußten kein Wort darüber verlieren, das Bahnhofsareal war während dieser Ausstellung für sie ein Sperrgebiet. Ihr Leben lief in Wiederholungen ab; Änderungen ließen sie nicht zu.

Einen Monat lang trafen sie sich an jedem Dienstag und Donnerstag vor der Schwanenkolonie im Hinteren Pasquart. Dort, an der Mauer auf der Sonnenseite, war ein Kasten befestigt, in den die Vogelfreunde Brot warfen, Weißbrot,

Schwarzbrot, Sonntagsgebäck: nicht nur altbackene Brocken, sondern fast frische, halbe oder sogar ganze Brotlaibe.

Jetzt mußten sie sich in der Pferdemetzgerei Rutz nur noch eine Wurst beschaffen, Greif und der Kollege.

8

Der Weg in die Innenstadt führt Greif am Kanal entlang zum Zentralplatz.
Früher war hier das Hospiz Blaues Kreuz, ein Hotel für bedeutende Gäste. Im Nebenhaus bediente ein Haarschneider seine Kunden auch ohne Voranmeldung. In den Vorgärten wuchsen Büsche und Sträucher. Am Wasser machten sich die Forellenfischer die besten Plätze streitig.

Heute ist der Zentralplatz ein Verkehrsknotenpunkt. Von hier aus führen die mit gelben, weißen und blauen Zeichen markierten Straßen nach Osten, Westen, Norden und Süden. Ein Durcheinander von Hinweis-, Gebots- und Verbotstafeln verwirrt die Verkehrsteilnehmer. Auf gewissen Fahrbahnen sind ausschließlich Busse zugelassen, auf anderen ausschließlich Radfahrer. Die als beruhigende Maßnahme eingeführte Ordnung verfehlt ihren Zweck. Die Automobilisten verfluchen die Fußgänger, die den ganzen Platz in Beschlag nehmen. Gruppenweise stehen sie herum, schwatzen, husten, lachen, weichen einem Rollschuhläufer aus, machen, mit einem ängstlichen Blick über die Schulter, einen großen

Bogen um eine schwankende, vor sich hin schimpfende Frau: hat sie sich nicht gerade eben in den Papierkorb neben den Telefonzellen erbrochen?

Uneingeweihte können nicht erkennen, daß der Platz das Zentrum der Stadt bildet. Biel-Bienne ist eine Stadt ohne Mitte. Heruntergekommene Häuser geben den Blick in unbestimmtes Gelände frei.

»Wie in einer Banlieue von Paris«, hat der Kollege einmal gesagt.

Greif ist nie in Paris gewesen; er kennt nur das Paris des Kollegen.

An die Brückenmauer über der Schüss gelehnt, schlagen, während er die Tür der Bedürfnisanstalt aufstößt, junge und alte Männer den Kragen hoch, wenden sich ab und spucken ins Wasser.

Zwei der Urinschüsseln mußten schon vor Monaten für den Gebrauch gesperrt werden. Die gekachelten Wände des Pissoirs sind bis zur Decke hinauf besprayt und mit Kontaktadressen vollgekritzelt.

Greif kennt sich aus. Seine Augen gewöhnen sich rasch an das Halbdunkel. Vor dem Waschbecken reibt er sich das Gesicht mit Pulver aus dem Seifenspender ein und zieht das Rasiermesser aus der Tasche. Einen Spiegel benötigt er

nicht. Mit der linken Hand deckt er beim Rasieren die Warze über der Oberlippe ab.
Es wäre nicht angebracht, sich nun den Schaum aus dem Gesicht zu waschen und mit nassem Gesicht und nassen Händen auf die Straße zu treten. Möglicherweise fiele ein Mann, der die öffentliche Toilette mit nassem Gesicht verläßt, auf. Jeder Beliebige sähe in ihm einen Vagabunden, einen Penner, der nicht einmal ein Taschentuch besitzt.
Der Kollege meint, die Opfer der Verwahrlosung würden neuerdings von den Zeitungen als Stadtstreicher bezeichnet. Ihr offen zur Schau gestelltes Elend wirke auf die einen romantisch und auf die anderen schamlos oder sogar unverschämt.

So weit darf es mit Greif nicht kommen. Er bezahlt Miete, Steuern und Krankenversicherung. Er würde sich gegen die Abschiebung in seine Heimatgemeinde wehren. Er hat Fernsehen und besitzt das Stimm- und Wahlrecht. Er lehnt es ab, mit einem Stadtstreicher verwechselt zu werden. Er allein bestimmt, ob er an dem, was um ihn herum geschieht, Anteil haben will oder nicht.
Trifft er einen Fremden, der, mit einer Zigarette im Mund, nach Streichhölzern sucht, geht er auf ihn zu und bietet ihm Feuer an. Er erlaubt sich,

ihn in ein Gespräch zu verwickeln: »Haben Sie nicht heute morgen am See einen Bekannten nach der Marktgasse gefragt?«
»Am See, bei dieser Kälte, wo denken Sie hin! Da muß es sich um ein Mißverständnis handeln. Möchten Sie vielleicht auch eine Zigarette?«
»Nein, danke, ich bin Nichtraucher.«
»Wozu brauchen Sie dann ein Feuerzeug?«
»Es gibt Wärme.«

Der Unbekannte hätte es nicht nötig, sich zu verstellen. Greif würde ihn nicht fragen, ob er in Kanada gewesen sei. Alle sind in Kanada gewesen oder wenigstens in Amerika.
Greifs Hausbesitzer fühlt sich noch heute wie ein Pionier im Wilden Westen. Er ist stolz auf seine Härte, seine Rachsucht und Schadenfreude. Er verkörpert das Gesetz. Bei jeder Gelegenheit macht er Bemerkungen über die Tauglichkeit, über seine eigene und jene seiner Mieter.
»Nur der Taugliche überlebt«, sagt er. »The fittest survives. Wer heute etwas taugen will, muß Englisch können.«
Der Hausbesitzer telefoniert sogar im Auto in mehreren Sprachen. Ob in Biel oder auf den Seychellen, er ist vierundzwanzig Stunden am Tag erreichbar, ausgerüstet mit Diktiergerät,

Telefonbeantworter, Fax und so weiter. Man fragt ihn nicht deshalb nach seiner Meinung, weil sie wichtiger ist als die Meinung eines anderen: man fragt ihn, weil er erreichbar ist. Die Untauglichkeit beginnt – abgesehen vom Englischen – damit, daß einer nicht erreichbar ist: Unerreichbarkeit verhindert Ordnung und Disziplin.
Die Mieter, zum Beispiel, wissen, daß Abfallsäcke, an die Wand des Hausflurs gelehnt, ein Zeichen der Verwahrlosung sind. Die Hausordnung verlangt, sie zweimal in der Woche zum Abstellplatz am Straßenrand zu tragen. Widerspruchslose Ausführung der Vorschrift wird verlangt, wenn nicht, droht eine Kündigung.
»Ich hätte die Dinosaurier vor dem Aussterben bewahrt«, hat der Hausbesitzer einmal gesagt.
»Aber die sprachen nicht Englisch«, antwortete Greif.
»Dummkopf«, sagte der Hausbesitzer.

Greif kennt seine Schwächen. Er ist mit gewissen Leuten zu vertrauensselig. Auch ist er zu klein gewachsen. Als man glauben konnte, er wachse noch, lief ihm fast alles nach Wunsch. Mit dem Abschluß des Wachstums fingen die Schwierigkeiten an. Er lernte in dem Buch ›Wie man eine Frau gewinnt‹, daß nur erfolgreiche Menschen zum Eheleben taugen. Außerdem

mußte er zur Kenntnis nehmen, daß manche Frauen im Schlaf zirpen wie Grillen und daß andere zischen, keuchen oder gurgeln.
Das hatte er an seiner Schwester nie bemerkt, obschon er doch jahrelang mit ihr zusammen im selben Zimmer geschlafen hatte. Sie lag, an seinen Bauch gekuschelt, im Bett, den Kopf in ihr Kissen vergraben, die Knie bis ans Kinn hochgezogen. Ihre Atemzüge waren fast unhörbar. Wenn Greif erwachte, wußte er nicht, ob sie noch schlief oder ob sie sich bloß schlafend stellte und den Atem anhielt, weil sie die Bewegung in ihrem Rücken gespürt hatte.
Seine Hand tastete unter der Decke nach ihrer Hand, und nach einer Weile kam ihre Hand seiner Hand entgegen.

9

Beim Verlassen der Toiletten stellt Greif fest, daß es angefangen hat zu regnen: nasse Gesichter überall.

Ohne Rücksicht auf Fußgänger und Radfahrer preschen Lieferwagen, Taxis, Busse und Trolleybusse durch die Pfützen an einer Baustelle. Aus der Bank kommende Kunden spannen den Schirm auf. Ein mit einem Schal bis auf die Augen vermummter Mann fährt im elektrischen Rollstuhl über den Platz. Kinder in orangeleuchtenden Stiefeln planschen durch das aus einem geborstenen Abflußrohr sprudelnde Wasser. Fluchende Stadtarbeiter befestigen an den Leitungsdrähten in der Nidaugasse Kabel mit bunten Weihnachtsgirlanden.

»Sauwetter, verdammtes!« ruft ein Vorübereilender einem anderen Vorübereilenden zu.

»Was soll man machen?« ruft dieser zurück, »so ist es doch jedes Jahr im Herbst.«

Die meisten Geschäftsinhaber öffnen ihre Läden, die am Montagmorgen geschlossen sind, gleich nach der Mittagspause. Ungeduldig drängen sich schon die Kauflustigen vor den Drehtüren.

Im Schaufenster der Metzgerei Bell stehen, neben den mit rotem Licht angestrahlten Wurst- und Fleischwaren, an Metallständern befestigte Preisschilder. Der Konsument ist ohne weiteres in der Lage, das von der Waage angezeigte Gewicht mit dem Hundertgrammpreis zu multiplizieren. Der Tüchtige kann nicht nur Englisch, er hat auch rechnen gelernt. Eine gewisse Zurückhaltung ist angebracht. Die Haushaltskosten müssen geplant, das Budget darf nicht überschritten werden. Am Anfang des Monats wird das verfügbare Geld für Ferien, Kleider, Miete und sonstige Ausgaben aufgeteilt, in Kassen, Sparschweinchen oder Briefumschläge gesteckt. Mit dem dreizehnten Monatslohn werden Steuern bezahlt, und, wie der Kollege einmal bemerkte, auch der Strafzins für nicht zur rechten Zeit bezahlte Steuerraten. Versicherungsprämien werden fällig. Gebühren müssen beglichen werden.

Nur Untaugliche leben gedankenlos in den Tag hinein, erliegen den verlockenden Angeboten und Aktionen der Kaufhäuser und verschulden sich mit immer höheren Kleinkrediten bis zur Zahlungsunfähigkeit. Mündige Bürger werden straffällig, weil ihnen die Disziplin fehlt. Bisher Unbescholtene treten den Gang zum Vormundschaftsamt an und stehen von nun an, wie man so sagt, im Regen.

Wer von der Nidaugasse in die Marktgasse einbiegt, gelangt in den Schutz des längsten, wenn auch nicht des breitesten Vordachs der Stadt. Es gehört – zum Teil wenigstens – der Warenhausgruppe Epa. Von der Alpha zur Epa zur Omega: diesen Weg ist Greif oft gegangen.
Im Sommer wird hier vor dem Haupteingang Soft-Eis verkauft. An der Ecke haben sich Straßenmusikanten eingerichtet. Eine Frau, mit einem wie aus Holz geschnitzten Gesicht unter dem blumengeschmückten Strohhut, bedient ihre Drehorgel. Ein Mädchen spielt Querflöte, ein junger Mann, der sein Fahrrad zu einer Kleinbühne umgebaut hat, Mundharmonika. Als Kasse wird eine Schachtel, ein Körbchen oder eine Baskenkappe benützt. Am meisten Geld verdient nicht der Dudelsackspieler, der seine eigenen Tonbänder verkauft, sondern ein in traditionelle Tracht gekleideter Peruaner.

Greif fällt ein, daß der Kollege als Kind Geige gespielt hat. Die E-Saite war aus Silberdraht gemacht, die G-Saite aus Darm.
Der Kollege hätte, als sie arbeitslos wurden, als Musik-Clown im Zirkus auftreten und in einem Wohnwagen durchs Land ziehen können. Bis zu Vivaldi und Corelli habe er es gebracht, behauptet er; aber dann sei ein Stillstand eingetreten und schließlich sei, glaube er,

die Geige bei einem überstürzten Umzug verlorengegangen.
»Von wegen verloren«, sagt Greif, »ins Pfandhaus hast du sie gebracht, gib es zu.«
Der Kollege lacht: »Das soll ich zugeben? Sei froh, daß ich nicht Artist geworden bin und dich allein gelassen habe.«

10

Nieselregen, Frühwinterlicht: an diesem Montag im November ist der geschützte Platz vor der Epa zum Zufluchtsort geworden. Aber nach kurzer Zeit treten die Ungeduldigen und von der erzwungenen Untätigkeit Zermürbten doch in die Nässe hinaus, biegen, mit eingezogenem Kopf, in die erstbeste Gasse ein und sind mit all ihren Tüten, Taschen und Paketen verschwunden.
Das ist ein Augenblick der Gefahr: Menschen im Einkaufsrausch glauben, sich jede Freiheit herausnehmen zu dürfen. Als Konsumenten haben sie ein Recht darauf, nicht in Angelegenheiten verwickelt zu werden, die sie nichts angehen. Ihr eigenes Leben ist kompliziert genug. Sie haben ein Ziel vor Augen und einen Plan zu erfüllen. Von einem Adrenalinstoß angetrieben, bahnen sie sich einen Weg durchs Gedränge. Ihre Angriffslust wächst ins Unermeßliche.

Greif hält es für geraten, erst unter dem Dach des Restaurants Chez Franco Schutz vor dem Regen zu suchen.
Es wäre möglich, daß der Wirt, der oft hinter der gläsernen Eingangstür steht, ihn nicht nur grüßte, sondern eine Bitte an ihn richtete. Er

hätte eine heisere Stimme. Er könnte ihn anreden. Er könnte sagen: »Ciao, Greif, du kommst wie gerufen! Wenn ich darf, begleite ich dich bis zur nächsten Hausecke. Du hast doch nichts dagegen?«

Als höflicher Mensch fiele Franco nicht gleich mit der Tür ins Haus. Er erzählte Greif, daß es in Sizilien nicht üblich sei, Geschenke anzunehmen – von einem Freund schon gar nicht. Er bekreuzigte sich, wenn er eine Nonne am Steuer sähe. Er fürchtete sich vor dem Bösen Blick. Auf der Straße bliebe er stehen, hielte nach schwarzen Katzen Ausschau und schneuzte sich, um Zeit zu gewinnen, in ein schneeweißes Taschentuch. Er schimpfte über einen Mann, der die Ungehörigkeit gehabt hatte, das Restaurant mit geöffnetem Regenschirm zu betreten. Am Kiosk überreichte er der Verkäuferin einen getrockneten Olivenzweig, bevor er sie um einen Lottoschein bäte. Schließlich faßte er Greif unterm Arm und sie gingen gemeinsam in Francos Lokal zurück.

»Also, Greif, und jetzt hilfst du mir beim Ausfüllen des Lottozettels. Du verstehst mehr davon als ich. Wir trinken ein Glas Wein zusammen. Vom Mittagessen ist Risotto mit Steinpilzen übriggeblieben. Der Kellner wird es für dich aufwärmen.«

11

Über gewisse Dinge will Greif nicht sprechen, auch nicht mit dem Kollegen: möglich, daß Leidenschaften etwas mit Sehnsucht zu tun haben, mit unerfüllbaren Wünschen, mit unergründlichen Ängsten, mit gescheiterten Hoffnungen.
Ohne weiteres würde er zugeben, daß schon das harmlose, weit verbreitete Lottospiel für einen, der die Kontrolle über sich verloren hat, gefährlich werden kann. Er müßte sich aber gegen die Unterstellung verwahren, er selbst sei der Spielleidenschaft, dem Spielwahn, der Spielsucht erlegen.
Um seiner eigenen Sicherheit willen hat er ein langfristig unfehlbares System entwickelt. Woche für Woche nimmt er mit zwölf Scheinen zu vierzehn Franken an der Ziehung teil. Den Joker setzt er nie. Mit seinem System sind alle Kombinationen von sechs aus fünfundvierzig Zahlen abgedeckt; er, als Kenner, gibt sich mit vier Richtigen zufrieden. Fünfer, Fünfer mit Zusatzzahl und Sechser gehören zu den Zufälligkeiten, die einen ernsthaften Teilnehmer kalt lassen.
Im Hinblick auf den Sechser ist Greif übrigens mit dem Kollegen nicht einig. Auch kann er

nicht begreifen, warum der Kollege, der früher mit allem einverstanden war, was Greif sagte, ihm jetzt immer öfter widerspricht.
Der Kollege meint, Greif belüge sich selbst, wenn er so tue, als habe er es nicht auf den Haupttreffer abgesehen. Er vergißt die Komplikationen, die sich ergeben, wenn mehrere Spieler sechs Richtige ankreuzen: in diesem Fall ärgert sich jeder Gewinner über die Mitgewinner. Wer einmal im Lotto Erfolg hat, teilt ihn nicht gerne mit anderen.
So dächte Franco auch, glaubt Greif. Gewisse Zahlen seines Systems änderte er in Francos Lottozettel ab, um nicht erleben zu müssen, wie Franco sich über den Mitspieler Greif ärgerte, nur weil der Zufall ihnen ausgerechnet am nächsten Wochenende sechs Richtige bescherte.
Der Umgang mit einem unverhofft eintretenden Gewinn muß geübt werden, lange bevor er eintritt. Das Schicksal des ersten Lottomillionärs sollte jedem Spieler eine Lehre sein: Geld weg, Frau fort, Ruhe dahin.
Das wird Greif nicht passieren.
Mit erhobenem Kopf betritt er das Restaurant Chez Franco.

Der Wirt ist nicht da. Leo, der lange Kellner, beugt sich über die Theke der Stehbar, um zu

sehen, wer hereinkommt. Ohne zu grüßen, wendet er sich ab.
Greif setzt sich ins helle Licht im vorderen Teil des Lokals und legt Lottoscheine und Tabellen vor sich hin.
Am Montag vor einer Woche sagte der Kellner zu ihm: »So, haben Sie jetzt endlich einmal gewonnen?«
»Einen Sechser«, sagte Greif und bedeckte die Tabellen mit der Hand. »Zweimal drei, das ergibt auch sechs.«
»Laß ihn in Ruhe, Leo«, rief ein Gast an der Stehbar. »Ich bezahle seinen Wein.«
»Der Herr bezahlt Ihren Wein«, sagte der Kellner vorwurfsvoll.

12

Wie anders war es früher, als keiner einen Grund hatte, Greif Vorwürfe zu machen.
Nach der Arbeit ging er mit dem Kollegen zum Seewasserwerk. Dort setzten sie sich ans Ufer. Schwalbenschwärme stürzten sich in die Schilfinseln. Hunde jagten eine Ratte. Surfer lagen in der Abendsonne. Liebespaare verschwanden im Erlenwäldchen. Zeltbewohner brieten in Alufolie gewickeltes Fleisch am Feuer.
Es beruhigt Greif, an früher zu denken.
Er streicht die in der Jackentasche feucht gewordenen Papiere auf dem Tisch glatt. Eine Mappe könnte sie vor dem Regen schützen, aber wer will schon tagelang eine Mappe mit sich herumschleppen. Mappen sind verräterisch. Es gibt Mappen aus Plastik und aus Leder, solche mit Zahlenschlössern und solche mit Reißverschlüssen. Jede Mappe verleiht ihrem Besitzer ein besonderes Ansehen, eine Aufmerksamkeit erheischende Wichtigkeit.
Greif denkt nicht im Traum daran, mit einer Mappe durch die Stadt zu laufen. Wer eine Mappe trägt, fällt als Vielbeschäftigter auf. Auffälliger als eine Mappe ist nur ein Aktenkoffer. Welche Geheimnisse hat der mit einem Aktenkoffer Bewehrte zu hüten, mit welchen Befug-

nissen ist er ausgestattet, dieser Wichtige, welche Anstrengungen muß er auf sich nehmen, um die in ihn gesetzten Erwartungen zu erfüllen.
Greif hingegen trägt eine Fotografie, Kugelschreiber, Lottozettel und Tabellen, zwar nicht geschützt vor Nässe, aber doch vor fremdem Zugriff, in der Innentasche seiner Jacke.
Käme ein neugieriger Gast auf den Gedanken, ihm jetzt über die Schulter zu blicken, sähe er sich gezwungen, ein anderes Lokal aufzusuchen.
Überall fühlt er sich verfolgt. Schon die Tatsache, daß er als Lottospieler erkannt wird, macht ihm zu schaffen. Eine Begegnung mit dem Hausbesitzer zum Beispiel wäre ihm mehr als peinlich.
Der Hausbesitzer gäbe sich den Anschein, Greif nicht zu erkennen, machte dann aber, Tage oder Wochen später, die Bemerkung, es sei eben so, daß gewisse Leute ihr vom Fürsorgeamt bezogenes Geld lieber im Lotto verspielten, als sich ihr Leben mit einer vernünftigen Arbeit auf anständige Weise zu verdienen.
Greif wäre nicht in der Lage, ihm zu antworten.
Er ist auf Ungestörtheit angewiesen. Er braucht die Anonymität eines öffentlichen Lokals, die Hintergrundgeräusche, das Gläserklirren, um sich auf seine Arbeit konzentrieren zu können.

Wer es sich leisten kann, verläßt früher oder später die Stadt. Politiker, die den kommenden Aufschwung beschwören, ziehen, kaum sind sie in Pension gegangen, ins Ausland. Geschäftsleute und Unternehmer lassen sich bei erstbester Gelegenheit in weit entfernten Steuerparadiesen nieder, um dort größere Verantwortung zu übernehmen oder ein Leben ohne Verantwortung zu genießen. Hausbesitzer wohnen auf den Seychellen.
Die Einheimischen, sagt der Kollege, seien hilflos Zurückgebliebene.
So ist es. Einen Fremden empfangen sie wie einen Retter. Sie bitten ihn um Hilfe, Zuneigung und Vertrauen. Sie wählen ihn zum Vorsitzenden eines Vereins. Bevor er es sich versieht, ist er selbst zum Einheimischen geworden und hat seine Fremdheit verloren.
Er geht am Schüsskanal entlang. Oft bleibt er stehen, beugt sich übers Geländer, starrt in die Schatten unter der Brücke und denkt darüber nach, daß er etwas vergessen oder falsch gemacht hat; aber was? Eilig und ohne vernehmbares Rauschen zieht das Wasser dahin.

»Wenn ich als Fremder hierher käme, setzte ich alles daran, jede Vertraulichkeit zu verhindern«, sagt Greif zu dem Kollegen.

Er bewegt beim Reden kaum die Lippen. Ein ihn beobachtender Gast könnte denken, der Mann mit den Zetteln am Nebentisch führe Selbstgespräche.

13

Bei Tageslicht hat er das Lokal betreten; jetzt ist es draußen dunkel. Wenn er aufschaut, sieht er sein Spiegelbild in der Glasscheibe der Eingangstür.

Sorgfältig, damit nach der Auslosung am nächsten Wochenende keine Unklarheiten entstehen, kreuzt Greif die Zahlen, die einen Treffer verheißen, in zwölf Lottoscheinen an. Bevor er den Kugelschreiber in die Brusttasche zurücksteckt, reinigt er ihn mit einer auf dem Tisch liegenden Papierserviette.

»Leo, zahlen!«

»Es wird aber auch Zeit«, sagt der Kellner und schaut auf die Uhr, »die Annahmestelle schließt um sechs.«

Das ist nicht wahr; aber Greif bringt seine Scheine doch immer kurz vor sechs zum Kiosk. Der Kellner weiß das. Nur den Grund kennt er nicht.

Als der Koch neulich zu einem Gast sagte: »Nicht jeder Hase, der bei uns auf den Tisch kommt, hat einen Stummelschwanz«, mischte sich der Kellner lauthals ein und drohte dem Koch mit einer Klage. Nein, einem solchen Kellner schuldet Greif keine Erklärungen.

Lottoscheine werden seit einem Jahr auf dem

elektronischen Weg befördert. Greif hat das zur Kenntnis genommen. Dies sei der Fortschritt, sagte man ihm, und dem Fortschritt müsse man folgen. Warum soll Greif zugeben, daß er nicht an den Fortschritt glaubt?

Auch die Post ersucht ihre Kunden, Einzahlungen nicht mehr persönlich zu erledigen, sondern das Lastschriftverfahren zu wählen; aber am Monatsende stehen immer noch Leute mit Einzahlungsscheinen und mit dem Quittungsbuch vor den Schaltern – solche wie Greif, die dem elektronischen Weg und dem Fortschritt nicht trauen.

Sie, die insgeheim denken, daß nichts sich ändert, daß alles gleich bleibt, müssen lernen, mit Veränderungen zu leben, die sie nicht verstehen.

14

Es kommt selten vor, daß Greif sich beim Einreichen der neuen Scheine einen in der Vorwoche erzielten Gewinn anrechnen lassen kann. Drei Richtige schlagen mit sechs Franken zu Buche, vier Richtige mit fünfzig Franken, an jeder Annahmestelle, steuerfrei.
Wieder hat er kein Glück gehabt.
»Macht hundertachtundsechzig Franken«, sagt die Kioskfrau, »Sie spielen mit hohen Einsätzen.«
»Das ist meine Sache«, sagt Greif.
Er legt zwei Hunderternoten auf die Illustrierte ›Stern‹ und stellt sich neben die gerillte Metallplatte zwischen den mannshohen Zeitungsständern.
Ein rotweiß gestreiftes Sonnendach schützt die Kunden vor zudringlichen Blicken.
»Sie müssen wissen, was Sie tun«, sagt die Frau, während sie die Noten auf Echtheit prüft und das Herausgeld abzählt.
»Eben«, sagt Greif. »Mieses Wetter, heute.«
»Der Regen hat aufgehört«, sagt sie, »ich habe am Nachmittag zwei Regenschirme verkauft. Sie sehen: alles hat auch seine guten Seiten. Der Nächste bitte.«
Greif steckt Münzen, eine Zehner- und eine

Zwanzigernote in die Jackentasche und tritt auf die Marktgasse hinaus.

Die Kioskfrau hat recht: es regnet nicht mehr. Lehrlinge in braunen Berufsschürzen tragen Kisten mit Orangen, Äpfeln und Mandarinen zum Co-op-Laden. Vor dem Schuhgeschäft Fricker betrachten Passanten eine im Schaufenster arbeitende Dekorateurin. Sie trägt weiße Stoffpantoffeln und ein bis zum Gürtel aufgeknöpftes Hemd.

Greif denkt an das Schaufenster des Metzgermeisters Rutz an der Kirchgasse, im Kern der Altstadt. An einer Stange hängen dort, als Blickfang, elf alte Weideglocken. In der linken, unteren Ecke des Fensters leuchten große Amethyst- und Rauchquarzkristalle. Neben der Waage, die zum Wägen von Tierhäuten verwendet wurde, steht ein tragbarer Holzkochherd.

Herr Rutz hat erzählt, daß solche Kochherde im Alpgebiet von Wildhaus benutzt worden seien, und auch, daß die dort und anderswo gefundenen Kristalle Licht brauchten, um ihre Kraft entfalten zu können.

Einmal hat er Greif mit den Worten »das hilft gegen jeden Rausch« einen violetten, fast undurchsichtigen Stein geschenkt und eine Wurst

dazu: »Schinkenwurst, Greif, mageres Schweinefleisch in Naturdarm, schon gekocht, nur noch essen. Das hilft gegen jeden Hunger.«
Seither besuchen Greif und der Kollege fast täglich die Pferdemetzgerei Rutz; immer nach Ladenschluß.
Frau Rutz macht am Feierabend Boden und Wände sauber. Ihr Mann reinigt Glas- und Chromstahlbecken.
Leute, die mit Fleischwaren handeln, haben, was Hygiene anbelangt, höchsten Ansprüchen zu genügen. Periodisch überprüfen Beamte des Lebensmittelinspektorats den Kühlraum und das angelieferte Fleisch.
Anläßlich einer solchen Kontrolle sagte Greif zu einem der Beamten, er glaube nicht, daß sich jeder Metzger als Pferdemetzger eigne. Das Fleisch eines Pferdes bleibe beim Ausschlachten vielleicht länger warm als das Fleisch einer Kuh und sei deshalb anfälliger für Fäulnis- und Krankheitserreger. Herr Rutz meinte zwar, davon verstehe Greif nichts, fügte aber bei, es sei ihm unmöglich, sich an das Töten von Pferden zu gewöhnen; das Pferd schaue ihn an, unentwegt, Auge in Auge, bis zuletzt, und er – er komme sich als Mör–, und er schlug sich die Hand vor den Mund: er hatte sich selbst ein Schweigegebot auferlegt.

Vor halb sieben will Greif das Ehepaar Rutz nicht bei der Arbeit stören. Er hat keinen Grund zur Eile.

Über die Marktgasse und die Collègegasse wird ihn sein Weg zur Kanalgasse und von dort in die Kirchgasse führen. Man könnte von einem Katzensprung reden, wenn die Kanalgasse nicht eine vielbefahrene Durchgangsstraße wäre, die die Altstadt von der Neustadt trennt.

In den Stoßzeiten mittags und abends regelt hier eine Polizistin den Verkehr, oder, wie der Kollege einmal in einem Fernsehkommentar gehört haben will: sie regelt ihn nicht, sie segnet ihn.

In der Tat steht die Polizistin auf einer Kanzel. Mit weit ausholenden Armbewegungen winkt sie die Autokolonnen an sich vorbei, die einen nach Genf, die anderen nach Zürich. Von Zeit zu Zeit gibt sie den Weg für die Fußgänger frei. Verkehrsteilnehmer, die ihren Anweisungen nicht folgen, ruft sie mit einer Trillerpfeife zur Ordnung. Die Mütze auf dem Haar und die Uniform verleihen ihr Autorität. Auf dem Straßenabschnitt, den sie betreut, herrscht Disziplin. Den einen oder anderen Lastwagenfahrer grüßt sie mit einem Kopfnicken. Manchmal lächelt sie, wie um zu sagen: »Seht her, wie ein Tanz ist alles, was ich tue; so leicht ist es.«

Greif versteht nur nicht, wie es zugegangen ist, daß er auf der Straße liegt.

Er ist von Neugierigen umringt.

Er hört das Trillern einer Pfeife.

Um halb sieben wird die Polizistin auf ihrem Posten abgelöst; ist es nicht so?

Ein wenig zuschauen, sich eine Weile lang ausruhen, um über diese plötzliche Müdigkeit nachzudenken.

Was war da am Fußgängerstreifen, vor dem Schlag, dem Aufprall, dem nicht enden wollenden Fallen, an der Ecke beim Interdiscount, wo junge Leute CD-Kassetten betrachteten, als könnten sie nicht glauben, das Gesuchte jemals zu finden; als seien sie unterwegs auf der Spur, die ihnen die Erinnerung wies an etwas, das sie einmal gehört hatten, an ein Echo, das in ihnen nachklang – eben vorhin, bevor fremde Hände sein Gesicht berührten und sich an seiner Jacke zu schaffen machten?

Ja, es ist kalt geworden. Man müßte den Kragen hochschlagen.

Nein, nicht öffnen. Wenn die Nacht klar bleibt, gibt es Frost; später Nebel, Wolken, Rauhreif, Eisregen.

Von einem Scheinwerferstrahl getroffen, beugen sich Köpfe über ihn, Gesichter, in Helligkeit und Schatten getaucht; wie im Schutzraum des Bunkers für Erste Hilfe.

Und warum. riecht es nach verbranntem Gummi?
Rutz hat einen Tierkadaver in die Verbrennungsanlage gebracht, vielleicht Luzifer, das Pferd aus dem Film.
Oder der Hausbesitzer verbrennt Autoreifen im Hof?
In der Werkfeuerwehr lernt man, daß jedes Feuer klein anfängt.
Berüchtigt ist der Küchenbrand.
Mit eingeschalteten Sirenen fahren Löschzüge durch die Stadt, ein Nebelhorn ruft, und hier, am Ende der Allee, kommt jetzt auch die Strandwiese in Sicht.

Die Februarsonne blendet. Der See ist gefroren. Auf dem Eis steht der Kollege mit Schlittschuhen an den Füßen. Er winkt ihn herbei: »Endlich, Greif, ich dachte schon, du kommst nicht mehr.«
»Ich hatte zu tun; aber du, was machst du da?«
»Immer dasselbe, ins Eis geritzt; meine Figur: die Ohrenspitzen beim Beau-Rivage, die Pfoten drüben am Südufer beim Seewasserwerk. Du weißt doch: der Osterhase kriecht bestimmt aus der Erde.«
Der Kollege lacht im Vorüberfahren. Die Sonne blinkt auf seinen Schlittschuhkufen und in den Fenstern der Häuser am Jurahang.

Eine Windwelle rauscht über den See und erfaßt Weingärten, Wälder und Hügel. Wirbel aus Eis und aus Licht reißen ihm die Worte vom Mund. Er legt Greif den Arm um die Schultern, zieht ihn zu sich heran und schreit ihm ins Ohr: »Schau nach unten! Siehst du es jetzt?«

Greif macht sich los.
»Ja«, sagt er, »jetzt sehe ich es.«

– der Mann, der drei Tage später in Bernhard Greifs Zimmer einzieht, beklagt sich schon am ersten Abend über den schwermütigen Singsang aus der gegenüberliegenden Wohnung.

Für die Unterstützung meiner Arbeit danke ich der Schweizerischen Kulturstiftung PRO HELVETIA.

Jörg Steiner

suhrkamp taschenbücher
Eine Auswahl

Adorno: Erziehung zur Mündigkeit. st 11
Aitmatow: Dshamilja. st 1579
Alain: Die Pflicht, glücklich zu sein. st 859
Allende: Eva Luna. st 1897
– Das Geisterhaus. st 1676
– Die Geschichten der Eva Luna. st 2193
– Von Liebe und Schatten. st 1735
The Best of H. C. Artmann. st 275
Augustin: Der amerikanische Traum. st 1840
Bachmann: Malina. st 641
Bahlow: Deutsches Namenlexikon. st 65
Ball: Hermann Hesse. st 385
Barnes: Nachtgewächs. st 2195
Barnet: Ein Kubaner in New York. st 1978
Barthes: Fragmente einer Sprache der Liebe. st 1586
Becker, Jürgen: Gedichte. st 690
Becker, Jurek: Bronsteins Kinder. st 1517
– Jakob der Lügner. st 774
Beckett: Endspiel. st 171
– Malone stirbt. st 407
– Molloy. st 229
– Warten auf Godot. st 1
– Watt. st 46
Beig: Hochzeitslose. st 1163
– Rabenkrächzen. Eine Chronik aus Oberschwaben. st 911
Benjamin: Angelus Novus. st 1512
– Illuminationen. st 345
Berkéwicz: Adam. st 1664
– Josef stirbt. st 1125
– Maria, Maria. st 1809
Bernhard: Alte Meister. st 1553
– Auslöschung. Ein Zerfall. st 1563
– Beton. st 1488
– Claus Peymann kauft sich eine Hose und geht mit mir essen. st 2222
– Gesammelte Gedichte. st 2262
– Holzfällen. st 1523
– Stücke 1-4. st 1524, 1534, 1544, 1554
– Der Untergeher. st 1497
– Verstörung. st 1480
Blackwood: Der Tanz in den Tod. st 848
Blatter: Das blaue Haus. st 2141
– Wassermann. st 1597
Brasch: Der schöne 27. September. st 903
Braun, Volker: Gedichte. st 499
– Hinze-Kunze-Roman. st 1538
Brecht: Dreigroschenroman. st 1846
– Gedichte über die Liebe. st 1001
– Geschichten vom Herrn Keuner. st 16
– Hauspostille. st 2152
Bertolt Brechts Dreigroschenbuch. st 87
Broch: Die Verzauberung. st 350
– Die Schuldlosen. st 209
Buch: Die Hochzeit von Port-au-Prince. st 1260
– Tropische Früchte. st 2231
Burger: Der Schuß auf die Kanzel. st 1823
Cabrera Infante: Drei traurige Tiger. st 1714
Capote: Die Grasharfe. st 1796

265/1/11.93

suhrkamp taschenbücher
Eine Auswahl

Carpentier: Explosion in der Kathedrale. st 370
– Die Harfe und der Schatten. st 1024
Carroll: Schlaf in den Flammen. st 1742
Celan: Gesammelte Werke in fünf Bänden. st 1331/1332
Cioran: Syllogismen der Bitterkeit (1952). st 607
Clarín: Die Präsidentin. st 1390
Cortázar: Bestiarium. st 543
– Die Gewinner. st 1761
– Ein gewisser Lukas. st 1937
– Rayuela. st 1462
Dalos: Die Beschneidung. st 2166
Dorst: Merlin oder Das wüste Land. st 1076
Duerr: Sedna oder die Liebe zum Leben. st 1710
Duras: Hiroshima mon amour. st 112
– Der Liebhaber. st 1629
– Der Matrose von Gibraltar. st 1847
– Sommerregen. st 2284
Eich: Fünfzehn Hörspiele. st 120
Eliade: Auf der Mântuleasa-Straße. st 1826
Elias: Mozart. st 2198
– Über den Prozeß der Zivilisation. Soziogenetische und psychogenetische Untersuchungen. st 2259
Enzensberger: Ach Europa! st 1690
– Gedichte. st 1360
– Mittelmaß und Wahn. st 1800
– Zukunftsmusik. st 2223
Federspiel: Geographie der Lust. st 1895
– Die Liebe ist eine Himmelsmacht. st 1529
Feldenkrais: Abenteuer im Dschungel des Gehirns. st 663
– Bewußtheit durch Bewegung. st 429
– Die Entdeckung des Selbstverständlichen. st 1440
– Das starke Selbst. st 1957
Fleißer: Abenteuer aus dem Englischen Garten. st 925
– Eine Zierde für den Verein. st 294
Frisch: Gesammelte Werke in zeitlicher Folge. 7 Bde. st 1401-1407
– Andorra. st 277
– Homo faber. st 354
– Mein Name sei Gantenbein. st 286
– Montauk. st 700
– Stiller. st 105
– Der Traum des Apothekers von Locarno. st 2170
Fromm / Suzuki / Martino: Zen-Buddhismus und Psychoanalyse. st 37
Fuentes: Nichts als das Leben. st 343
Gandhi: Mein Leben. st 953
García Lorca: Dichtung vom Cante Jondo. st 1007
Goetz: Irre. st 1224
Gulyga: Immanuel Kant. st 1093
Handke: Die Angst des Tormanns beim Elfmeter. st 27
– Der Chinese des Schmerzes. st 1339
– Der Hausierer. st 1959
– Kindergeschichte. st 1071
– Langsame Heimkehr. Tetralogie. st 1069-1072

265/2/11.93

suhrkamp taschenbücher
Eine Auswahl

Kraus: Schriften in 20 Bänden. st 1311-1320, st 1323-1330
– Die letzten Tage der Menschheit. st 1320
– Literatur und Lüge. st 1313
– Sittlichkeit und Kriminalität. st 1311
Karl-Kraus-Lesebuch. st 1435
Kundera: Abschiedswalzer. st 1815
– Das Buch vom Lachen und vom Vergessen. st 2288
– Das Leben ist anderswo. st 1950
Laederach: Laederachs 69 Arten den Blues zu spielen. st 1446
Least Heat Moon: Blue Highways. st 1621
Lem: Die Astronauten. st 441
– Frieden auf Erden. st 1574
– Der futurologische Kongreß. st 534
– Das Katastrophenprinzip. st 999
– Lokaltermin. st 1455
– Robotermärchen. st 856
– Sterntagebücher. st 459
– Waffensysteme des 21. Jahrhunderts. st 998
Lenz, Hermann: Die Augen eines Dieners. st 348
Leutenegger: Ninive. st 685
Lezama Lima: Paradiso. st 1005
Lovecraft: Berge des Wahnsinns. st 1780
– Der Fall Charles Dexter Ward. st 1782
– Stadt ohne Namen. st 694
Mastretta: Mexikanischer Tango. st 1787
Mayer: Außenseiter. st 736
– Ein Deutscher auf Widerruf. Bd. 1. st 1500
– Ein Deutscher auf Widerruf. Bd. 2. st 1501
– Georg Büchner und seine Zeit. st 58
– Thomas Mann. st 1047
– Der Turm von Babel. st 2174
Mayröcker: Ausgewählte Gedichte. st 1302
Meyer, E.Y.: In Trubschachen. st 501
Miller: Am Anfang war Erziehung. st 951
– Das Drama des begabten Kindes. st 950
– Du sollst nicht merken. st 952
Morshäuser: Die Berliner Simulation. st 1293
Moser: Grammatik der Gefühle. st 897
– Körpertherapeutische Phantasien. st 1896
– Lehrjahre auf der Couch. st 352
– Vorsicht Berührung. st 2144
Muschg: Albissers Grund. st 334
– Fremdkörper. st 964
– Im Sommer des Hasen. st 263
– Das Licht und der Schlüssel. st 1560
Museum der modernen Poesie. st 476
Neruda: Liebesbriefe an Albertina Rosa. st 829
Nizon: Im Bauch des Wals. st 1900
Nooteboom: In den niederländischen Bergen. st 2253
– Mokusei! Eine Liebesgeschichte. st 2209
O'Brien: Der dritte Polizist. st 1810
Onetti: So traurig wie sie. st 1601
Oz: Bericht zur Lage des Staates Israel. st 2192

265/3/11.93

suhrkamp taschenbücher
Eine Auswahl

Oz: Black Box. st 1898
- Eine Frau erkennen. st 2206
- Der perfekte Frieden. st 1747

Paz: Essays. 2 Bde. st 1036
- Gedichte. st 1832

Penzoldt: Idolino. st 1961

Percy: Der Idiot des Südens. st 1531

Plenzdorf: Legende vom Glück ohne Ende. st 722
- Die neuen Leiden des jungen W. st 300

Poniatowska: Stark ist das Schweigen. st 1438

Praetorius: Reisebuch für den Menschenfeind. st 2203

Proust: Auf der Suche nach der verlorenen Zeit. 10 Bde. suhrkamp taschenbücher

Puig: Der Kuß der Spinnenfrau. st 869
- Der schönste Tango der Welt. st 474

Ribeiro: Brasilien, Brasilien. st 1835

Rochefort: Zum Glück gehts dem Sommer entgegen. st 523

Rodoreda: Auf der Plaça del Diamant. st 977

Rothmann: Stier. st 2255

Rubinstein: Nichts zu verlieren und dennoch Angst. st 2230

Russell: Eroberung des Glücks. st 389

Sanzara: Das verlorene Kind. st 910

Semprún: Die große Reise. st 744
- Was für ein schöner Sonntag. st 972

Sloterdijk: Der Zauberbaum. st 1445

Späth: Stilles Gelände am See. st 2289

Sternberger: Drei Wurzeln der Politik. st 1032

Strugatzki / Strugatzki: Die häßlichen Schwäne. st 1275
- Eine Milliarde Jahre vor dem Weltuntergang. st 1338

Tendrjakow: Die Abrechnung. st 965

Unseld: Der Autor und sein Verleger. st 1204
- Begegnungen mit Hermann Hesse. st 218

Vargas Llosa: Der Geschichtenerzähler. st 1982
- Der Hauptmann und sein Frauenbataillon. st 959
- Der Krieg am Ende der Welt. st 1343
- Lob der Stiefmutter. st 2200
- Tante Julia und der Kunstschreiber. st 1520
- Wer hat Palomino Molero umgebracht? 1786

Walser, Martin: Die Anselm Kristlein Trilogie. (Halbzeit, Das Einhorn, Der Sturz). st 684
- Brandung. st 1374
- Ehen in Philippsburg. st 1209
- Ein fliehendes Pferd. st 600
- Jagd. st 1785
- Jenseits der Liebe. st 525
- Liebeserklärungen. st 1259
- Lügengeschichten. st 1736
- Das Schwanenhaus. st 800
- Seelenarbeit. st 901
- Die Verteidigung der Kindheit. st 2252

Walser, Robert: Der Gehülfe. st 1110

265/5/11.93

suhrkamp taschenbücher
Eine Auswahl

Handke: Die linkshändige Frau. st 560
– Die Stunde der wahren Empfindung. st 452
– Versuch über den geglückten Tag. st 2282
– Versuch über die Jukebox. st 2208
– Versuch über die Müdigkeit. st 2146
– Wunschloses Unglück. st 146
Hesse: Gesammelte Werke. 12 Bde. st 1600
– Demian. st 206
– Das Glasperlenspiel. st 79
– Klein und Wagner. st 116
– Klingsors letzter Sommer. st 1195
– Knulp. st 1571
– Die Morgenlandfahrt. st 750
– Narziß und Goldmund. st 274
– Die Nürnberger Reise. st 227
– Peter Camenzind. st 161
– Schön ist die Jugend. st 1380
– Siddhartha. st 182
– Der Steppenwolf. st 175
– Unterm Rad. st 52
– Der vierte Lebenslauf Josef Knechts. st 1261
Hettche: Ludwig muß sterben. st 1949
Hildesheimer: Marbot. st 1009
– Mitteilungen an Max über den Stand der Dinge. st 1276
– Tynset. st 1968
Hohl: Die Notizen. st 1000
Horváth: Gesammelte Werke. 15 Bde. st 1051-1065
– Jugend ohne Gott. st 1063
Hrabal: Ich habe den englischen König bedient. st 1754
– Das Städtchen am Wasser. st 1613-1615
– Tanzstunden für Erwachsene und Fortgeschrittene. st 2264
Hürlimann: Die Tessinerin. st 985
Inoue: Die Eiswand. st 551
– Der Stierkampf. st 944
Johnson: Das dritte Buch über Achim. st 169
– Mutmassungen über Jakob. st 147
– Eine Reise nach Klagenfurt. st 235
Jonas: Das Prinzip Verantwortung. st 1085
Joyce: Anna Livia Plurabelle. st 751
Kaminski: Flimmergeschichten. st 2164
– Kiebitz. st 1807
– Nächstes Jahr in Jerusalem. st 1519
Kaschnitz: Liebesgeschichten. st 1292
Kiefer: Über Räume und Völker. st 1805
Kirchhoff: Infanta. st 1872
– Mexikanische Novelle. st 1367
Koch: See-Leben. st 783
Koeppen: Gesammelte Werke in 6 Bänden. st 1774
– Jakob Littners Aufzeichnungen aus einem Erdloch. st 2267
– Tauben im Gras. st 601
– Der Tod in Rom. st 241
– Das Treibhaus. st 78
Konrád: Der Komplize. st 1220
– Melinda und Dragoman. st 2257
Kracauer: Die Angestellten. st 13
– Kino. st 126

265/4/11.93

suhrkamp taschenbücher
Eine Auswahl

Walser, Robert: Geschwister Tanner. st 1109
- Jakob von Gunten. st 1111
- Der Räuber. st 1112

Watts: Der Lauf des Wassers. st 878
- Vom Geist des Zen. st 1288

Weber-Kellermann: Die deutsche Familie. st 185

Weiß, Ernst: Der Augenzeuge. st 797

Weiss, Peter: Das Duell. st 41

Winkler: Friedhof der bitteren Orangen. st 2171

Zeemann: Einübung in Katastrophen. st 565

Zweig: Brasilien. st 984

265/6/11.93